Vanina Vanini

Henri Beyle Stendhal

Vanina Vanini

Henri Beyle Stendhal

VANINA VANINI...

» OU PARTICULARITÉS SUR LA DERNIÈRE VENTE DE CARBONARI DÉCOUVERTE DANS LES ÉTATS DU PAPE

C'était un soir du printemps de 182. Tout Rome était en mouvement : M. le duc de B**, ce fameux banquier, donnait un bal dans son nouveau palais de la place de Venise. Tout ce que les arts de l'Italie, tout ce que le luxe de Paris et de Londres peuvent produire de plus magnifique avait été réuni pour l'embellissement de ce palais. Le concours était immense. Les beautés blondes et réservées de la noble Angleterre avaient brigué l'honneur d'assister à ce bal ; elles arrivaient en foule. Les plus belles femmes de Rome leur disputaient le prix de la beauté. Une jeune fille que l'éclat de ses yeux et ses cheveux d'ébène proclamaient Romaine entra conduite par son père ; tous les regards la suivirent. Un orgueil singulier éclatait dans chacun de ses mouvements.

On voyait les étrangers qui entraient frappés de la magnificence de ce bal. « Les fêtes d'aucun des rois de l'Europe, disaient-ils, n'approchent point de ceci. »

Les rois n'ont pas un palais d'architecture romaine : ils sont obligés d'inviter les grandes dames de leur cour ; M. le duc de B*** ne prie que de jolies femmes. Ce soir-là il avait été heureux dans ses invitations ; les hommes semblaient éblouis. Parmi tant de femmes remarquables il fut question de décider quelle était la plus belle : le choix resta quelque temps indécis ; mais enfin la princesse Vanina Vanini, cette jeune fille aux cheveux noirs et à l'œil de feu, fut proclamée la reine du bal. Aussitôt les étrangers et les jeunes Romains, abandonnant tous les autres salons, firent foule dans celui où elle était.

Son père, le prince don Asdrubale Vanini, avait voulu qu'elle dansât d'abord avec deux ou trois souverains d'Allemagne. Elle accepta ensuite les invitations de quelques Anglais fort beaux et fort nobles ; leur air empesé l'ennuya. Elle parut prendre plus de plaisir à tourmenter le jeune Livio Savelli qui semblait fort amoureux. C'était le jeune homme le plus brillant de Rome, et de plus lui aussi était prince ; mais si on lui eût donné à lire un roman, il eût jeté le volume au bout de vingt pages, disant qu'il lui donnait mal à la tête. C'était un désavantage aux yeux de Vanina.

Vers le minuit une nouvelle se répandit dans le bal, et fit assez d'effet. Un jeune carbonaro, détenu au fort Saint-Ange, venait de se sauver le soir même, à l'aide d'un déguisement, et, par un excès d'audace romanesque, arrivé au dernier corps de garde de la prison, il avait attaqué les soldats avec un poignard ; mais il avait été blessé lui-même, les sbires le suivaient dans les rues à la trace de son sang, et on espérait le revoir.

Comme on racontait cette anecdote, don Livio Savelli, ébloui des grâces et des succès de Vanina, avec laquelle il venait de danser, lui disait en la reconduisant à sa place, et presque fou d'amour :

— Mais, de grâce, qui donc pourrait vous plaire ?

— Ce jeune carbonaro qui vient de s'échapper, lui répondit Vanina ; au moins celui-là a fait quelque chose de plus que de se donner la peine de naître.

Le prince don Asdrubale s'approcha de sa fille. C'est un homme riche qui depuis vingt ans n'a pas compté avec son intendant, lequel lui prête ses propres revenus à un intérêt fort élevé. Si vous le rencontrez dans la rue, vous le prendrez pour un vieux comédien ; vous ne remarquerez pas que ses mains sont chargées de cinq ou six bagues énormes garnies de diamants fort gros. Ses deux fils se sont faits jésuites, et ensuite sont mort fous. Il les a oubliés ; mais il est fâché que sa fille unique, Vanina, ne veuille pas se marier. Elle a déjà dix-neuf ans, et a refusé les partis les plus brillants. Quelle est sa raison ? la même que celle de Sylla pour abdiquer, son mépris pour les Romains.

Le lendemain du bal, Vanina remarqua que son père, le plus négligent des hommes, et qui de la vie ne s'était donné la peine de prendre une clef, fermait avec beaucoup d'attention la porte d'un petit escalier qui conduisait à un appartement situé au troisième étage du palais. Cet appartement avait des fenêtres sur une terrasse garnie d'orangers. Vanina alla faire quelques visites dans Rome ; au retour, la grande porte du palais étant embarrassée par les préparatifs d'une illumination, la voiture rentra par les cours de derrière.

Vanina leva les yeux, et vit avec étonnement qu'une des fenêtres de l'appartement que son père avait fermée avec tant de soin était ouverte. Elle se débarrassa de sa dame de compagnie, monta dans les combles du palais, et à force de chercher parvint à trouver une petite fenêtre grillée qui donnait sur la terrasse garnie d'orangers. La fenêtre ouverte qu'elle avait remarquée était à deux pas d'elle. Sans doute cette chambre était habitée ; mais par qui ? Le lendemain Vanina parvint à se procurer la clef d'une petite porte qui ouvrait sur la terrasse garnie d'orangers.

Elle s'approcha à pas de loup de la fenêtre qui était encore ouverte. Une persienne servit à la cacher. Au fond de la chambre il y avait un lit et quelqu'un dans ce lit. Son premier mouvement fut de se retirer ; mais elle aperçut une robe de femme jetée sur la chaise. En regardant mieux la personne qui était au lit, elle vit qu'elle était blonde, et apparemment fort jeune. Elle ne douta plus que ce ne fût une femme. La robe jetée sur une chaise était ensanglantée ; il y avait aussi du sang sur des souliers de femme placés sur une table. L'inconnue fit un mouvement ; Vanina s'aperçut qu'elle était blessée. Un grand linge taché de sang couvrait sa poitrine ; ce linge n'était fixé que par des rubans ; ce n'était pas la main d'un chirurgien qui l'avait placé ainsi. Vanina remarqua que chaque jour, vers les quatre heures, son père s'enfermait dans son appartement, et ensuite allait vers l'inconnue ; il redescendait bientôt, et montait en voiture pour aller chez la comtesse Vitteleschi.

Dès qu'il était sorti, Vanina montait à la petite terrasse, d'où elle pouvait apercevoir l'inconnue. Sa sensibilité était vivement excitée en faveur de cette jeune femme si malheureuse ; elle cherchait à deviner son aventure. La robe ensanglantée jetée sur une chaise paraissait avoir été percée de coups de poignard. Vanina pouvait compter les déchirures. Un jour elle vit l'inconnue plus distinctement : ses yeux bleus étaient fixés dans le ciel ; elle semblait prier. Bientôt des larmes remplirent ses beaux yeux : la jeune princesse eut bien de la peine à ne pas lui parler. Le lendemain Vanina osa se cacher sur la petite terrasse avant l'arrivée de son père. Elle vit don Asdrubale entrer chez l'inconnue ; il portait un petit panier où étaient des provisions. Le prince avait l'air inquiet, et ne dit pas grand'-chose. Il parlait si bas que, quoique la porte-fenêtre fût ouverte, Vanina ne put entendre ses paroles. Il partit aussitôt.

« Il faut que cette pauvre femme ait des ennemis bien terribles, se dit Vanina, pour que mon père, d'un caractère si insouciant, n'ose se confier à personne et se donne la peine de monter cent vingt marches chaque jour. »

Un soir, comme Vanina avançait doucement la tête vers la croisée de l'inconnue, elle rencontra ses yeux, et tout fut découvert. Vanina se jeta à genoux, et s'écria :

— Je vous aime, je vous suis dévouée.

L'inconnue lui fit signe d'entrer.

— Que je vous dois d'excuses, s'écria Vanina, et que ma sotte curiosité doit vous sembler offensante ! Je vous jure le secret, et, si vous l'exigez, jamais je ne reviendrai.

— Qui pourrait ne pas trouver du bonheur à vous voir ? dit l'inconnue. Habitez-vous ce palais ?

— Sans doute, répondit Vanina. Mais je vois que vous ne me connaissez pas : je suis Vanina, fille de don Asdrubale.

L'inconnue la regarda d'un air étonné, rougit beaucoup, puis ajouta :

— Daignez me faire espérer que vous viendrez me voir tous les jours ; mais je désirerais que le prince ne sût pas vos visites.

Le cœur de Vanina battait avec force ; les manières de l'inconnue lui semblaient remplies de distinction. Cette pauvre jeune femme avait sans doute offensé quelque homme puissant ; peut-être dans un moment de jalousie avait-elle tué son amant ? Vanina ne pouvait voir une cause vulgaire à son malheur. L'inconnue lui dit qu'elle avait reçu une blessure dans l'épaule, qui avait pénétré jusqu'à la poitrine et la faisait beaucoup souffrir. Souvent elle se trouvait la bouche pleine de sang.

— Et vous n'avez pas de chirurgien ! s'écria Vanina.

— Vous savez qu'à Rome, dit l'inconnue, les chirurgiens doivent à la police un rapport exact de toutes les blessures qu'ils soignent. Le prince daigne lui-même serrer mes blessures avec le linge que vous voyez.

L'inconnue évitait avec une grâce parfaite de s'apitoyer sur son accident ; Vanina l'aimait à la folie. Une chose pourtant étonna beaucoup la jeune princesse, c'est qu'au milieu d'une conversation assurément fort sérieuse l'inconnue eut beaucoup de peine à supprimer une envie subite de rire.

— Je serai heureuse, lui dit Vanina, de savoir votre nom.

— On m'appelle Clémentine.

— Eh bien, chère Clémentine, demain à cinq heures je viendrai vous voir.

Le lendemain Vanina trouva sa nouvelle amie fort mal.

— Je veux vous amener un chirurgien, dit Vanina en l'embrassant.

— J'aimerai mieux mourir, dit l'inconnue. Voudrais-je compromettre mes bienfaiteurs ?

— Le chirurgien de Mgr Savelli-Catanzara, le gouverneur de Rome, est fils d'un de nos domestiques, reprit vivement Vanina ; il nous est dévoué, et par sa position ne craint personne. Mon père ne rend pas justice à sa fidélité ; je vais le faire demander.

— Je ne veux pas de chirurgien, s'écria l'inconnue avec une vivacité qui surprit Vanina. Venez me voir, et si Dieu doit m'appeler à lui, je mourrai heureuse dans vos bras.

Le lendemain, l'inconnue était plus mal.

— Si vous m'aimez, dit Vanina en la quittant, vous verrez un chirurgien.

— S'il vient, mon bonheur s'évanouit.

— Je vais l'envoyer chercher, reprit Vanina.

Sans rien dire, l'inconnue la retint, et prit sa main qu'elle couvrit de baisers. Il y eut un long silence, l'inconnue avait les larmes aux yeux. Enfin, elle quitta la main de Vanina, et de l'air dont elle serait allée à la mort, lui dit :

— J'ai un aveu à vous faire. Avant-hier, j'ai menti en disant que je m'appelais Clémentine ; je suis un malheureux carbonaro »

Vanina étonnée recula sa chaise et bientôt se leva.

— Je sens, continua le carbonaro, que cet aveu va me faire perdre le seul bien qui m'attache à la vie ; mais il est indigne de moi de vous tromper. Je m'appelle Pietro Missirilli ; j'ai dix-neuf ans ; mon père est un pauvre chirurgien de Saint-Angelo-in-Vado, moi je suis carbonaro. On a surpris notre vente ; j'ai été amené, enchaîné, de la Romagne à Rome. Plongé dans un cachot éclairé jour et nuit par une lampe, j'y ai passé treize mois. Une âme charitable a eu l'idée de me faire sauver. On m'a habillé en femme. Comme je sortais de prison et passais devant les gardes de la dernière porte, l'un d'eux a maudit les carbonari ; je lui ai donné un soufflet. Je vous assure que ce ne fut pas une vaine bravade, mais tout simplement une distraction. Poursuivi dans la nuit dans les rues de Rome après cette imprudence, blessé à coups de baïonnette, perdant déjà mes forces, je monte dans une maison dont la porte était ouverte ; j'entends les soldats qui montent après moi, je saute dans un jardin ; je tombe à quelques pas d'une femme qui se promenait.

— La comtesse Vitteleschi ! l'amie de mon père, dit Vanina.

— Quoi ! vous l'a-t-elle dit ? s'écria Missirilli. Quoi qu'il en soit, cette dame, dont le nom ne doit jamais être prononcé, me sauva la vie. Comme les soldats entraient chez elle pour me saisir, votre père m'en faisait sortir dans sa voiture. Je me sens fort mal : depuis quelques jours ce coup de baïonnette dans l'épaule m'empêche de respirer. Je vais mourir, et désespéré, puisque je ne vous verrai plus.

Vanina avait écouté avec impatience ; elle sortit rapidement : Missirilli ne trouva nulle pitié dans ces yeux si beaux, mais seulement l'expression d'un caractère altier que l'on vient de blesser.

À la nuit, un chirurgien parut ; il était seul, Missirilli fut au désespoir ; il craignait de ne revoir jamais Vanina. Il fit des questions au chirurgien, qui le saigna et ne lui répondit pas. Même silence les jours suivants. Les yeux de Pietro ne quittaient pas la fenêtre de la terrasse par laquelle Vanina avait coutume d'entrer ; il était fort malheureux. Une fois, vers minuit, il crut apercevoir quelqu'un dans l'ombre sur la terrasse : était-ce Vanina ?

Vanina venait toutes les nuits coller sa joue contre les vitres de la fenêtre du jeune carbonaro.

« Si je lui parle, se disait-elle, je suis perdue ! Non, jamais je ne dois le revoir ! »

Cette résolution arrêtée, elle se rappelait, malgré elle, l'amitié qu'elle avait prise pour ce jeune homme, quand si sottement elle le croyait une femme. Après une intimité si douce, il fallait donc l'oublier ! Dans ses moments les plus raisonnables, Vanina était effrayée du changement qui avait lieu dans ses idées. Depuis que Missirilli s'était nommé, toutes les choses auxquelles elle avait l'habitude de penser s'étaient comme recouvertes d'un voile, et ne paraissaient plus que dans l'éloignement.

Une semaine ne s'était pas écoulée, que Vanina, pâle et tremblante, entra dans la chambre du jeune carbonaro avec le chirurgien. Elle venait de lui dire qu'il fallait engager le prince à se faire remplacer par un domestique. Elle ne resta pas dix secondes ; mais quelques jours après elle revint encore avec le chirurgien, par humanité. Un soir, quoique Missirilli fût bien mieux, et que Vanina n'eût plus le prétexte de craindre pour sa vie, elle osa venir seule. En la voyant, Missirilli fut au comble du bonheur, mais il songea à cacher son amour ; avant tout, il ne voulait pas s'écarter de la dignité convenable à un homme. Vanina, qui était entrée chez lui le front couvert de rougeur, et craignant des propos d'amour, fut déconcertée de l'amitié noble et dévouée, mais fort peu tendre, avec laquelle il la reçut.

Elle partit sans qu'il essayât de la retenir.

Quelques jours après, lorsqu'elle revint, même conduite, mêmes assurances de dévouement respectueux et de reconnaissance éternelle. Bien loin d'être occupée à mettre un frein aux transports du jeune carbonaro, Vanina se demanda si elle aimait seule. Cette jeune fille, jusque-là si fière, sentit amèrement toute l'étendue de sa folie. Elle affecta de la gaieté et même de la froideur, vint moins souvent, mais ne put prendre sur elle de cesser de voir le jeune malade.

Missirilli, brûlant d'amour, mais songeant à sa naissance obscure et à ce qu'il se devait, s'était promis de ne descendre à parler d'amour que si Vanina restait huit jours sans le voir. L'orgueil de la jeune princesse combattit pied à pied. « Eh bien ! se dit-elle enfin, si je le vois, c'est pour moi, c'est pour me faire plaisir, et jamais je ne lui avouerai l'intérêt qu'il m'inspire. » Elle faisait de longues visites à Missirilli, qui lui parlait comme il eût pu faire si vingt personnes eussent été présentes. Un soir, après avoir passé la journée à le détester et à se bien promettre d'être avec lui encore plus froide et plus sévère qu'à l'ordinaire, elle lui dit qu'elle l'aimait. Bientôt elle n'eut plus rien à lui refuser.

Si sa folie fut grande, il faut avouer que Vanina fut parfaitement heureuse. Missirilli ne songea plus à ce qu'il croyait devoir à sa dignité d'homme ; il aima comme on aime pour la première fois à dix-neuf ans et en Italie.

Il eut tous les scrupules de l'amour-passion, jusqu'au point d'avouer à cette jeune princesse si fière la politique dont il avait fait usage pour s'en faire aimer. Il était étonné de l'excès de son bonheur. Quatre mois passèrent bien vite. Un jour, le chirurgien rendit la liberté à son malade. « Que vais-je faire ? pensa Missirilli ; rester caché chez une des plus belles personnes de Rome ? Et les vils tyrans qui m'ont tenu treize mois en prison sans me laisser voir la lumière du jour croiront m'avoir découragé ! Italie, tu es vraiment malheureuse, si tes enfants t'abandonnent pour si peu ! »

Vanina ne doutait pas que le plus grand bonheur de Pietro ne fût de lui rester attaché ; il semblait trop heureux ; mais un mot du général Bonaparte retentissait amèrement dans l'âme de ce jeune homme et influençait toute sa conduite à l'égard des femmes. En 1796, comme le général Bonaparte quittait Brescia, les municipaux qui l'accompagnaient à la porte de la ville lui disaient que les

Bressans aimaient la liberté par-dessus tous les autres Italiens.

— Oui, dit-il, ils aiment à en parler à leurs maîtresses.

Missirilli dit à Vanina d'un air assez contraint :

— Dès que la nuit sera venue, il faut que je sorte.

— Aie bien soin de rentrer au palais avant le point du jour ; je t'attendrai.

— Au point du jour je serai à plusieurs milles de Rome.

— Fort bien, dit Vanina froidement, et où irez-vous ?

— En Romagne, me venger.

— Comme je suis riche, reprit Vanina de l'air le plus tranquille, j'espère que vous accepterez de moi des armes et de l'argent.

Missirilli la regarda quelques instants sans sourciller ; puis se jetant dans ses bras :

— Ame de ma vie, tu me fais tout oublier, lui dit-il, et même mon devoir. Mais plus ton cœur est noble, plus tu dois me comprendre.

Vanina pleura beaucoup, et il fut convenu qu'il ne quitterait Rome que le surlendemain.

— Pietro, lui dit-elle le lendemain, souvent vous m'avez dit qu'un homme connu, qu'un prince romain, par exemple, qui pourrait disposer de beaucoup d'argent, serait en état de rendre les plus grands services à la cause de la liberté, si jamais l'Autriche est engagée loin de nous, dans quelque grande guerre.

— Sans doute, dit Pietro étonné.

— Eh bien ! vous avez du cœur ; il ne vous manque qu'une haute position ; je viens vous offrir ma main et deux cent mille livres de rentes. Je me charge d'obtenir le consentement de mon père.

Pietro se jeta à ses pieds ; Vanina était rayonnante de joie.

— Je vous aime avec passion, lui dit-il ; mais je suis un pauvre serviteur de la patrie ; mais plus l'Italie est malheureuse, plus je dois lui rester fidèle. Pour obtenir le consentement de don Asdrubale, il faudra jouer un triste rôle pendant plusieurs années. Vanina, je te refuse.

Missirilli se hâta de s'engager par ce mot. Le courage allait lui manquer.

— Mon malheur, s'écria-t-il, c'est que je t'aime plus que la vie, c'est que quitter Rome est pour moi le pire des supplices. Ah ! que l'Italie n'est-elle délivrée des barbares ! Avec quel plaisir je m'embarquerais avec toi pour aller vivre en Amérique.

Vanina restait glacée. Ce refus de sa main avait étonné son orgueil ; mais bientôt elle se jeta dans les bras de Missirilli.

— Jamais tu ne m'as semblé aussi aimable, s'écria-t-elle ; oui, mon petit chirurgien de campagne, je suis à toi pour toujours. Tu es un grand homme comme nos anciens Romains.

Toutes les idées d'avenir, toutes les tristes suggestions du bon sens disparurent ; ce fut un instant d'amour parfait. Lorsque l'on put parler raison :

— Je serai en Romagne presque aussitôt que toi, dit Vanina. Je vais me faire ordonner les bains de la Poretta. Je m'arrêterai au château que nous avons à San Nicolô près de Forli »

— Là, je passerai ma vie avec toi ! s'écria Missirilli.

— Mon lot désormais est de tout oser, reprit Vanina avec un soupir. Je me perdrai pour toi, mais n'importe ! Pourras-tu aimer une fille déshonorée ?

— N'es-tu pas ma femme, dit Missirilli, et une femme à jamais adorée ? Je saurai t'aimer et te protéger.

Il fallait que Vanina allât dans le monde. À peine eût-elle quitté Missirilli, qu'il commença à trouver sa conduite barbare.

« Qu'est-ce que la patrie ? se dit-il. Ce n'est pas un être à qui nous devions de la reconnaissance pour un bienfait, et qui soit malheureux et puisse nous maudire si nous y manquons. La patrie et la liberté, c'est comme mon manteau, c'est une chose qui m'est utile, que je dois acheter, il est vrai, quand je ne l'ai pas reçue en héritage de mon père ; mais enfin j'aime la patrie et la liberté, parce que ces deux choses me sont utiles. Si je n'en ai que faire, si elles sont pour moi comme un manteau au mois d'août, à quoi bon les acheter, et un prix énorme ? Vanina est si belle ! elle a un génie si singulier ! On cherchera à lui plaire ; elle m'oubliera. Quelle est la femme qui n'a jamais eu qu'un amant ? Ces princes romains que je méprise comme citoyens, ont tant d'avantages sur moi ! Ils doivent être bien aimables ! Ah, si je pars, elle m'oublie, et je la perds pour jamais. »

Au milieu de la nuit, Vanina vint le voir ; il lui dit l'incertitude où il venait d'être plongé, et la discussion à laquelle, parce qu'il l'aimait, il avait livré ce grand mot de patrie.

Vanina était bien heureuse.

« S'il devait choisir absolument entre la patrie et moi, se disait-elle, j'aurais la préférence. »

L'horloge de l'église voisine sonna trois heures ; le moment des derniers adieux arrivait. Pietro s'arracha des bras de son amie. Il descendait déjà le petit escalier, lorsque Vanina, retenant ses larmes, lui dit en souriant :

— Si tu avais été soigné par une pauvre femme de la campagne, ne ferais-tu rien pour la reconnaissance ? Ne chercherais-tu pas à la payer ? L'avenir est incertain, tu vas voyager au milieu de tes ennemis : donne-moi trois jours par reconnaissance, comme si j'étais une pauvre femme, et pour me payer de mes soins.

Missirilli resta. Et enfin il quitta Rome. Grâce à un passeport acheté d'une ambassade étrangère, il arriva dans sa famille. Ce fut une grande joie ; on le croyait mort. Ses amis voulurent célébrer sa bienvenue en tuant un carabinier ou deux (c'est le nom que portent les gendarmes dans les États du pape).

— Ne tuons pas sans nécessité un Italien qui sait le maniement des armes, dit Missirilli ; notre patrie n'est pas une île comme l'heureuse Angleterre : c'est de soldats que nous manquons pour résister à l'intervention des rois de l'Europe.

Quelque temps après, Missirilli, serré de près par les carabiniers, en tua deux avec les pistolets que Vanina lui avait donnés.

On mit sa tête à prix.

Vanina ne paraissait pas en Romagne : Missirilli se crut oublié. Sa vanité fut choquée ; il commençait à songer beaucoup à la différence de rang qui le séparait de sa maîtresse. Dans un moment d'attendrissement et de regret du bonheur passé, il eut l'idée de retourner à Rome voir ce que faisait Vanina. Cette folle pensée allait l'emporter sur ce qu'il croyait être son devoir, lorsqu'un soir la cloche d'une église de la montagne sonna l'Angelus d'une façon singulière, et comme si le sonneur avait une distraction. C'était un signal de réunion pour la vente de carbonari à laquelle Missirilli s'était affilié en arrivant en Romagne. La même nuit, tous se trouvèrent à un certain ermitage dans les bois. Les deux ermites, assoupis par l'opium, ne s'aperçurent nullement de l'usage auquel servait leur petite maison. Missirilli qui arrivait fort triste, apprit là que le chef de la vente avait été arrêté, et que lui, jeune homme à peine âgé de vingt ans, allait être élu chef d'une vente qui comptait des hommes de plus de cinquante ans, et qui étaient dans les conspirations depuis l'exécution de Murat en 1815. En recevant cet honneur inespéré, Pietro sentit battre son cœur. Dès qu'il fut seul, il résolut de ne plus songer à la jeune Romaine qui l'avait oublié, et de consacrer toutes ses pensées au devoir de délivrer l'Italie des barbares.

Deux jours après, Missirilli vit dans le rapport des arrivées et des départs qu'on lui adressait, comme chef de vente, que la princesse Vanina venait d'arriver à son château de San Nicolô.

La lecture de ce nom jeta plus de trouble que de plaisir dans son âme. Ce fut en vain qu'il crut assurer sa fidélité à la patrie en prenant sur lui de ne pas voler le soir même au château de San Nicolô ; l'idée de Vanina, qu'il négligeait, l'empêcha de remplir ses devoirs d'une façon raisonnable. Il la vit le lendemain ; elle l'aimait comme à Rome. Son père, qui voulait la marier, avait retardé son départ. Elle apportait deux mille sequins. Ce secours imprévu servit merveilleusement à accréditer Missirilli dans sa nouvelle dignité. On fit fabriquer des poignards à Corfou ; on gagna le secrétaire intime du légat, chargé de poursuivre les carbonari. On obtint ainsi la liste des curés qui servaient d'espions au gouvernement.

C'est à cette époque que finit de s'organiser l'une des moins folles conspirations qui aient été tentées dans la malheureuse Italie. Je n'entrerai point ici dans des détails déplacés. Je me contenterai de dire que si le succès eût couronné l'entreprise, Missirilli eût pu réclamer une bonne part de la gloire. Par lui, plusieurs milliers d'insurgés se seraient levés à un signal donné, et auraient attendu en armes l'arrivée des chefs supérieurs. Le moment décisif approchait, lorsque, comme cela arrive toujours, la conspiration fut paralysée par l'arrestation des chefs.

À peine arrivée en Romagne, Vanina crut voir que l'amour de la patrie ferait oublier à son amant tout autre amour.

La fierté de la jeune Romaine s'irrita. Elle essaya en vain de se raisonner ; un noir chagrin s'empara d'elle : elle se surprit à maudire la liberté. Un jour qu'elle était venue à Forli pour voir Missirilli, elle ne fut pas maîtresse de sa douleur, que toujours jusque-là son orgueil avait su maîtriser.

— En vérité, lui dit-elle, vous m'aimez comme un mari ; ce n'est pas mon compte.

Bientôt ses larmes coulèrent ; mais c'était de honte de s'être abaissée jusqu'aux reproches. Missirilli répondit à ces larmes en homme préoccupé. Tout à coup Vanina eut l'idée de le quitter et de retourner à Rome. Elle trouva une joie cruelle à se punir de la faiblesse qui venait de la faire parler. Au bout de peu d'instants de silence, son parti fut pris ; elle se fût trouvée indigne de Missirilli si elle ne l'eût pas quitté. Elle jouissait de sa surprise douloureuse quand il la chercherait en vain auprès de lui. Bientôt l'idée de n'avoir pu obtenir l'amour de l'homme pour qui elle avait fait tant de folies l'attendrit profondément. Alors elle rompit le silence, et fit tout au monde pour lui arracher une parole d'amour. Il lui dit d'un air distrait des choses fort tendres ; mais ce fut avec un accent bien autrement profond qu'en parlant de ses entreprises politiques, il s'écria avec douleur :

— Ah ! si cette affaire-ci ne réussit pas, si le gouvernement la découvre encore, je quitte la partie.

Vanina resta immobile.

Depuis une heure, elle sentait qu'elle voyait son amant pour la dernière fois. Le mot qu'il prononçait jeta une lumière fatale dans son esprit. Elle se dit : « Les carbonari ont reçu de moi plusieurs milliers de sequins. On ne peut douter de mon attachement à la conspiration. »

Vanina ne sortit de sa rêverie que pour dire à Pietro :

— Voulez-vous venir passer vingt-quatre heures avec moi au château de San Nicolô ? Votre assemblée de ce soir n'a pas besoin de ta présence. Demain matin, à San Nicolô, nous pourrons nous promener ; cela calmera ton agitation et te rendra tout le sang-froid dont tu as besoin dans ces grandes circonstances.

Pietro y consentit.

Vanina le quitta pour les préparatifs du voyage, en fermant à clef, comme de coutume la petite chambre où elle l'avait caché.

Elle courut chez une des femmes de chambre qui l'avait quittée pour se marier et prendre un petit commerce à Forli. Arrivée chez cette femme, elle écrivit à la hâte à la marge d'un livre d'Heures qu'elle trouva dans sa chambre, l'indication exacte du lieu où la vente des carbonari devait se réunir cette nuit-là même. Elle termina sa dénonciation par ces mots : « Cette vente est composée de dix-neuf membres ; voici leurs noms et leurs adresses. » Après avoir écrit cette liste, très exacte à cela près que le nom de Missirilli était omis, elle dit à la femme, dont elle était sûre :

— Porte ce livre au cardinal-légat ; qu'il lise ce qui est écrit et qu'il te rende le livre. Voici dix sequins ; si jamais le légat prononce ton nom, la mort est certaine ; mais tu me sauves la vie si tu fais lire au légat la page que je viens d'écrire.

Tout se passa à merveille. La peur du légat fit qu'il ne se conduisit point en grand seigneur. Il permit à la femme du peuple qui demandait à lui parler de ne paraître devant lui que masquée, mais à condition qu'elle aurait les mains liées. En cet état, la marchande fut introduite devant le grand personnage, qu'elle trouva retranché derrière une immense table, couverte d'un tapis vert.

Le légat lut la page du livre d'Heures, en le tenant fort loin de lui, de peur d'un poison subtil. Il le rendit à la marchande, et ne la fit point suivre. Moins de quarante minutes après avoir quitté son amant, Vanina, qui avait vu revenir son ancienne femme de chambre, reparut devant Missirilli, croyant que désormais il était tout à elle. Elle lui dit qu'il y avait un mouvement extraordinaire dans la ville ; on remarquait des patrouilles de carabiniers dans les rues où ils ne venaient jamais.

— Si tu veux m'en croire, ajouta-t-elle, nous partirons à l'instant même pour San Nicolô.

Missirilli y consentit. Ils gagnèrent à pied la voiture de la jeune princesse, qui, avec sa dame de compagnie, confidente discrète et bien payée, l'attendait à une demi-lieue de la ville.

Arrivée au château de San Nicolô, Vanina, troublée par son étrange démarche, redoubla de tendresse pour son amant. Mais en lui parlant d'amour, il lui semblait qu'elle jouait la comédie. La veille, en trahissant, elle avait oublié le remords. En serrant son amant dans ses bras, elle se disait : « Il y a un certain mot qu'on peut lui dire, et ce mot prononcé, à l'instant et pour toujours, il me prend en horreur. »

Au milieu de la nuit, un des domestiques de Vanina entra brusquement dans sa chambre. Cet homme était carbonaro sans qu'elle s'en doutât. Missirilli avait donc des secrets pour elle, même pour ces détails. Elle frémit. Cet homme venait d'avertir Missirilli que dans la nuit, à Forli, les maisons de dix-neuf carbonari avaient été cernées, et eux arrêtés au moment où ils revenaient de la vente. Quoique pris à l'improviste, neuf s'étaient échappés. Les carabiniers avaient pu conduire dix dans la prison de la citadelle. En y entrant, l'un d'eux s'était jeté dans le puits, si profond, et s'était tué. Vanina perdit contenance ; heureusement Pietro ne la remarqua pas : il eût pu lire son crime dans ses yeux.

Dans ce moment, ajouta le domestique, la garnison de Forli forme une file dans toutes les rues. Chaque soldat est assez rapproché de son voisin pour lui parler. Les habitants ne peuvent traverser d'un côté de la rue à l'autre, que là où un officier est placé.

Après la sortie de cet homme, Pietro ne fut pensif qu'un instant :

— Il n'y a rien à faire pour le moment, dit-il enfin.

Vanina était mourante ; elle tremblait sous les regards de son amant.

— Qu'avez-vous donc d'extraordinaire ? lui dit-il.

Puis il pensa à autre chose, et cessa de la regarder.

Vers le milieu de la journée, elle se hasarda à lui dire :

— Voilà encore une vente de découverte ; je pense que vous allez être tranquille pour quelque temps.

— Très tranquille, répondit Missirilli avec un sourire qui la fit frémir.

Elle alla faire une visite indispensable au curé du village de San Nicolô, peut-être espion des jésuites. En rentrant pour dîner à sept heures, elle trouva déserte la petite chambre où son amant était caché. Hors d'elle-même, elle courut le chercher dans toute la maison ; il n'y était point. Désespérée, elle revint dans cette petite chambre, ce fut alors seulement qu'elle vit un billet ; elle lut : « Je vais me rendre prisonnier au légat : je désespère de notre cause ; le ciel est contre nous. Qui nous a trahis ? apparemment le misérable qui s'est jeté dans le puits. Puisque ma vie est inutile à la pauvre Italie, je ne veux pas que mes camarades, en voyant que, seul, je ne suis pas arrêté, puissent se figurer que je les ai vendus. Adieu, si vous m'aimez, songez à me venger. Perdez, anéantissez l'infâme qui nous a trahis, fut-ce mon père. »

Vanina tomba sur une chaise, à demi évanouie et plongée dans le malheur le plus atroce. Elle ne pouvait proférer aucune parole ; ses yeux étaient secs et brûlants.

Enfin elle se précipita à genoux :

— Grand Dieu ! s'écria-t-elle, recevez mon vœu ; oui, je punirai l'infâme qui a trahi ; mais auparavant il faut rendre la liberté à Pietro.

Une heure après, elle était en route pour Rome. Depuis longtemps son père la pressait de revenir. Pendant son absence, il avait arrangé son mariage avec le prince Livio Savelli. À peine Vanina fut-elle arrivée, qu'il lui en parla en tremblant. À son grand étonnement, elle consentit dès le premier mot. Le soir même, chez la comtesse Vitteleschi, son père lui présenta presque officiellement don Livio ; elle lui parla beaucoup. C'était le jeune homme le plus élégant et qui avait les plus beaux chevaux ; mais quoiqu'on lui reconnût beaucoup d'esprit, son caractère passait pour tellement léger, qu'il n'était nullement suspect au gouvernement. Vanina pensa qu'en lui faisant d'abord tourner la tête, elle en ferait un agent commode. Comme il était neveu de monsignor Savelli-Catanzara, gouverneur de Rome et ministre de la police, elle supposait que les espions n'oseraient le suivre.

Après avoir fort bien traité, pendant quelques jours, l'aimable don

Livio, Vanina lui annonça que jamais il ne serait son époux ; il avait, suivant elle, la tête trop légère.

— Si vous n'étiez pas un enfant, lui dit-elle, les commis de votre oncle n'auraient pas de secrets pour vous. Par exemple, quel parti prend-on à l'égard des carbonari découverts récemment à Forli ?

Don Livio vint lui dire, deux jours après, que tous les carbonari pris à Forli s'étaient évadés. Elle arrêta sur lui ses grands yeux noirs avec le sourire amer du plus profond mépris, et ne daigna pas lui parler de toute la soirée. Le surlendemain, don Livio vint lui avouer, en rougissant, que d'abord on l'avait trompé.

— Mais, lui dit-il, je me suis procuré une clef du cabinet de mon oncle ; j'ai vu par les papiers que j'y ai trouvés qu'une congrégation (ou commission), composée des cardinaux et des prélats les plus en crédit, s'assemble dans le plus grand secret, et délibère sur la question de savoir s'il convient de juger ces carbonari à Ravenne ou à Rome. Les neuf carbonari pris à Forli, et leur chef, un nommé Missirilli, qui a eu la sottise de se rendre, sont en ce moment détenus au château de San Leo.

À ce mot de sottise, Vanina pinça le prince de toute sa force.

— Je veux moi-même, lui dit-elle, voir les papiers officiels et entrer avec vous dans le cabinet de votre oncle ; vous aurez mal lu.

À ces mots, don Livio frémit ; Vanina lui demandait une chose presque impossible ; mais le génie bizarre de cette jeune fille redoublait son amour.

Peu de jours après, Vanina, déguisée en homme et portant un joli petit habit à la livrée de la casa Savelli, put passer une demi-heure au milieu des papiers les plus secrets du ministre de la police. Elle eut un moment de vif bonheur, lorsqu'elle découvrit le rapport journalier du prévenu Pietro Missirilli. Ses mains tremblaient en tenant ce papier. En relisant son nom, elle fut sur le point de se trouver mal. Au sortie du palais du gouverneur de Rome, Vanina permit à don Livio de l'embrasser.

— Vous vous tirez bien, lui dit-elle, des épreuves auxquelles je veux vous soumettre.

Après un tel mot, le jeune prince eût mis le feu au Vatican pour plaire à Vanina. Ce soir-là, il y avait bal chez l'ambassadeur de France ; elle dansa beaucoup et presque toujours avec lui. Don Livio était ivre de bonheur, il fallait l'empêcher de réfléchir.

— Mon père est quelquefois bizarre, lui dit un jour Vanina, il a chassé ce matin deux de ses gens qui sont venus pleurer chez moi. L'un m'a demandé d'être placé chez votre oncle le gouverneur de Rome ; l'autre qui a été soldat d'artillerie sous les Français, voudrait être employé au château Saint-Ange.

— Je les prends tous les deux à mon service, dit vivement le jeune prince.

— Est-ce là ce que je vous demande ? répliqua fièrement Vanina. Je vous répète textuellement la prière de ces pauvres gens ; ils doivent obtenir ce qu'ils ont demandé, et pas autre chose.

Rien de plus difficile. Monsignor Catanzara n'était rien moins qu'un homme léger, et n'admettait dans sa maison que des gens de lui bien connus. Au milieu d'une vie remplie, en apparence, par tous les plaisirs, Vanina, bourrelée de remords, était fort malheureuse. La lenteur des événements la tuait. L'homme d'affaires de son père lui avait procuré de l'argent. Devait-elle fuir la maison paternelle et aller en Romagne essayer de faire évader son amant ? Quelque déraisonnable que fût cette idée, elle était sur le point de la mettre à exécution lorsque le hasard eut pitié d'elle.

Don Livio lui dit :

— Les dix carbonari de la vente Missirilli vont être transférés à Rome, sauf à être exécutés en Romagne, après leur condamnation. Voilà ce que mon oncle vient d'obtenir du pape ce soir. Vous et moi sommes les seuls dans Rome qui sachions ce secret. Etes-vous contente ?

— Vous devenez un homme, répondit Vanina ; faites-moi cadeau de votre portrait.

La veille du jour où Missirilli devait arriver à Rome, Vanina prit un prétexte pour aller à Citta-Castellana. C'est dans la prison de cette ville que l'on fait coucher les carbonari que l'on transfère de la Romagne à Rome. Elle vit Missirilli le matin, comme il sortait de la prison : il était enchaîné seul sur une charrette ; il lui parut fort pâle, mais nullement découragé. Une vieille femme lui jeta un bouquet de violettes, Missirilli sourit en la remerciant.

Vanina avait vu son amant, toutes ses pensées semblèrent renouvelées ; elle eut un nouveau courage. Dès longtemps elle avait fait obtenir un bel avancement à M. l'abbé Cari, aumônier du château Saint-Ange, où son amant allait être enfermé ; elle avait pris ce bon prêtre pour confesseur. Ce n'est pas peu de chose à Rome que d'être confesseur d'une princesse, nièce du gouverneur.

Le procès des carbonari de Forli ne fut pas long. Pour se venger de leur arrivée à Rome, qu'il n'avait pu empêcher, le parti ultra fit composer la commission qui devait les juger des prélats les plus ambitieux. Cette commission fut présidée par le ministre de la police.

La loi contre les carbonari est claire : ceux de Forli ne pouvaient conserver leur vie par tous les subterfuges possibles. Non seulement leurs juges les condamnèrent à mort, mais plusieurs opinèrent pour des supplices atroces, le poing coupé, etc. Le ministre de la police dont la fortune était faite (car on ne quitte cette place que pour prendre le chapeau), n'avait nul besoin de poing coupé ; en portant la sentence au pape, il fit commuer en quelques années de prison la peine de tous les condamnés. Le seul Pietro Missirilli fut excepté. Le ministre voyait dans ce jeune homme un fanatique dangereux, et d'ailleurs il avait aussi été condamné à mort comme coupable de meurtre sur les deux carabiniers dont nous avons parlé.

Vanina sut la sentence et la commutation peu d'instants après que le ministre fut revenu de chez le pape.

Le lendemain, monsignor Catanzara rentra dans son palais vers le minuit, il ne trouva point son valet de chambre ; le ministre, étonné, sonna plusieurs fois ; enfin parut un vieux domestique imbécile : le ministre, impatienté, prit le parti de se déshabiller lui-même. Il ferma sa porte à clef ; il faisait fort chaud : il prit son habit et le lança en paquet sur une chaise. Cet habit, jeté avait trop de force, passa par-dessus la chaise, alla frapper le rideau de mousseline de la fenêtre, et dessina la forme d'un homme. Le ministre se jeta rapidement vers son lit et saisit un pistolet. Comme il revenait près de la fenêtre, un fort jeune homme, couvert de la livrée, s'approcha de lui le pistolet à la main. À cette vue, le ministre approcha le pistolet de son oeil ; il allait tirer. Le jeune homme lui dit en riant :

— Eh quoi ! monseigneur, ne reconnaissez-vous pas Vanina Vanini ?

— Que signifie cette mauvaise plaisanterie ? répliqua le ministre en colère.

— Raisonnons froidement, dit la jeune fille. D'abord votre pistolet n'est pas chargé.

Le ministre, étonné, s'assura du fait ; après quoi il tira un poignard de la poche de son gilet.

Vanina lui dit avec un petit air d'autorité charmant :

— Asseyons-nous, monseigneur.

Et elle prit place tranquillement sur un canapé.

— Êtes-vous seule au moins ? dit le ministre.

— Absolument seule, je vous le jure ! s'écria Vanina.

C'est ce que le ministre eut soin de vérifier : il fit le tour de la chambre et regarda partout ; après quoi il s'assit sur une chaise à trois pas de Vanina.

— Quel intérêt aurais-je, dit Vanina d'un air doux et tranquille, d'attenter aux jours d'un homme modéré, qui probablement serait remplacé par quelque homme faible à tête chaude, capable de se perdre soi et les autres ?

— Que voulez-vous donc, mademoiselle ? dit le ministre avec humeur. Cette scène ne me convient point et ne doit pas durer.

— Ce que je vais ajouter, reprit Vanina avec hauteur, et oubliant tout à coup son air gracieux, importe à vous plus qu'à moi. On veut que le carbonaro Missirilli ait la vie sauve : s'il est exécuté, vous ne lui survivrez pas d'une semaine. Je n'ai aucun intérêt à tout ceci ; la folie dont vous vous plaignez, je l'ai faite pour m'amuser d'abord, et ensuite pour servir une de mes amies. J'ai voulu, continua Vanina, en reprenant son air de bonne compagnie, j'ai voulu rendre service à un homme d'esprit, qui bientôt sera mon oncle, et doit porter loin, suivant toute apparence, la fortune de sa maison.

Le ministre quitta l'air fâché : la beauté de Vanina contribua sans doute à ce changement rapide.

On connaissait dans Rome le goût de monseigneur Catanzara pour les jolies femmes, et, dans son déguisement en valet de pied de la casa Savelli, avec des bas de soie bien tirés, une veste rouge, son petit habit bleu de ciel galonné d'argent, et le pistolet à la main, Vanina était ravissante.

— Ma future nièce, dit le ministre presque en riant, vous faites là une haute folie, et ce ne sera pas la dernière.

— J'espère qu'un personnage aussi sage, répondit Vanina, me gardera le secret, et surtout envers don Livio, et pour vous y engager, mon cher oncle, si vous m'accordez la vie du protégé de mon amie, je vous donnerai un baiser.

Ce fut en continuant la conversation sur ce ton de demi-plaisanterie, avec lequel les dames romaines savent traiter les plus grandes affaires, que Vanina parvint à donner à cette entrevue, commencée le pistolet à la main, la couleur d'une visite faite par la jeune princesse Savelli à son oncle le gouverneur de Rome.

Bientôt monseigneur Catanzara, tout en rejetant avec hauteur l'idée de s'en laisser imposer par la crainte, en fut à raconter à sa nièce toutes les difficultés qu'il rencontrerait pour sauver la vie de Missirilli. En discutant, le ministre se promenait dans la chambre avec Vanina ; il prit une carafe de limonade qui était sur la cheminée et en remplit un verre de cristal. Au moment où il allait le porter à ses lèvres, Vanina s'en empara, et, après l'avoir tenu quelque temps, le laissa tomber dans le jardin comme par distraction.

Un instant après, le ministre prit une pastille de chocolat dans une bonbonnière, Vanina la lui enleva, et lui dit en riant :

— Prenez donc garde, tout chez vous est empoisonné ; car on voulait votre mort. C'est moi qui ai obtenu la grâce de mon oncle futur, afin de ne pas entrer dans la famille Savelli absolument les mains vides.

Monseigneur Catanzara, fort étonné, remercia sa nièce, et donna de grandes espérances pour la vie de Missirilli.

— Notre marché est fait ! s'écria Vanina, et la preuve, c'est qu'en voici la récompense ! dit-elle en l'embrassant.

Le ministre prit la récompense.

— Il faut que vous sachiez, ma chère Vanina, ajouta-t-il, que je n'aime pas le sang, moi. D'ailleurs, je suis jeune encore, quoique peut-être je vous paraisse bien vieux, et je puis vivre à une époque où le sang versé aujourd'hui fera tache.

Deux heures sonnaient quand monseigneur Catanzara accompagna Vanina jusqu'à la petite porte de son jardin.

Le surlendemain, lorsque le ministre parut devant le pape, assez embarrassé de la démarche qu'il avait à faire, Sa Sainteté lui dit :

— Avant tout, j'ai une grâce à vous demander. Il y a un de ces carbonari de Forli qui est resté condamné à mort ; cette idée m'empêche de dormir : il faut sauver cet homme.

Le ministre, voyant que le pape avait pris son parti, fit beaucoup d'objections, et finit par écrire un décret ou motu proprio, que le pape signa, contre l'usage.

Vanina avait pensé que peut-être elle obtiendrait la grâce de son amant, mais qu'on tenterait de l'empoisonner. Dès la veille, Missirilli avait reçu de l'abbé Cari, son confesseur, quelques petits paquets de biscuits de mer, avec l'avis de ne pas toucher aux aliments fournis par l'Etat.

Vanina ayant su après que les carbonari de Forli allaient être transférés au château de San Leo, voulut essayer de voir Missirilli à son passage à Citta-Castellana ; elle arriva dans cette ville vingt-quatre heures avant les prisonniers ; elle y trouva l'abbé Cari, qui l'avait précédée de plusieurs jours. Il avait obtenu du geôlier que Missirilli pourrait entendre la messe, à minuit, dans la chapelle de la prison. On alla plus loin : si Missirilli voulait consentir à se laisser lier les bras et les jambes par une chaîne, le geôlier se retirerait vers la porte de la chapelle, de manière à voir toujours le prisonnier, dont il était responsable, mais à ne pouvoir entendre ce qu'il dirait.

Le jour qui devait décider du sort de Vanina parut enfin. Dès le matin, elle s'enferma dans la chapelle de la prison. Qui pourrait dire les pensées qui l'agitèrent durant cette longue journée ? Missirilli l'aimait-elle assez pour lui pardonner ?

Elle avait dénoncé sa vente, mais elle lui avait sauvé la vie. Quand la raison prenait le dessus dans cette âme bourrelée, Vanina espérait qu'il voudrait consentir à quitter l'Italie avec elle : si elle avait péché, c'était par excès d'amour. Comme quatre heures sonnaient, elle entendit de loin, sur le pavé les pas des chevaux des carabiniers. Le bruit de chacun de ces pas semblait retentir dans son cœur. Bientôt elle distingua le roulement des charrettes qui transportaient les prisonniers. Elles s'arrêtèrent sur la petite place devant la prison ; elle vit deux carabiniers soulever Missirilli, qui était seul sur une charrette, et tellement chargé de fers qu'il ne pouvait se mouvoir. « Du moins il vit, se dit-elle les larmes aux yeux, ils ne l'ont pas encore empoisonné ! » La soirée fut cruelle ; la lampe de l'autel, placée à une grande hauteur, et pour laquelle le geôlier épargnait l'huile, éclairait seule cette chapelle sombre. Les yeux de Vanina erraient sur les tombeaux de quelques grands seigneurs du Moyen Âge morts dans la prison voisine. Leurs statues avaient l'air féroce.

Tous les bruits avaient cessé depuis longtemps ; Vanina était absorbée dans ses noires pensées. Un peu après que minuit eut sonné, elle crut entendre un bruit léger comme le vol d'une chauve-souris. Elle voulut marcher, et tomba à demi évanouie sur la balustrade de l'autel. Au même instant, deux fantômes se trouvèrent tout près d'elle, sans qu'elle les eût entendu venir. C'étaient le geôlier et Missirilli chargé de chaînes, au point qu'il en était comme emmailloté.

Le geôlier ouvrit une lanterne, qu'il posa sur la balustrade de l'autel, à côté de Vanina, de façon à ce qu'il pût bien voir son prisonnier. Ensuite il se retira dans le fond, près de la porte. À peine le geôlier se fut-il éloigné que Vanina se précipita au cou de Missirilli. En le serrant dans ses bras, elle ne sentit que ses chaînes froides et pointues. « Qui les lui a données ces chaînes ? » pensa-t-elle. Elle n'eut aucun plaisir à embrasser son amant. À cette douleur en succéda une autre plus poignante ; elle crut un instant que Missirilli savait son crime, tant son accueil fut glacé.

— Chère amie, lui dit-il enfin, je regrette l'amour que vous avez pris pour moi ; c'est en vain que je cherche le mérite qui a pu vous l'inspirer. Revenons, croyez-m'en, à des sentiments plus chrétiens, oublions les illusions qui jadis nous ont égarés ; je ne puis vous appartenir. Le malheur constant qui a suivi mes entreprises vient peut-être de l'état de péché mortel où je me suis constamment trouvé. Même à n'écouter que les conseils de la prudence humaine, pourquoi n'ai-je pas été arrêté avec mes amis, lors de la fatale nuit de Forli ? Pourquoi, à l'instant du danger, ne me trouvais-je pas à mon poste ? Pourquoi mon absence a-t-elle pu autoriser les soupçons les plus cruels ? J'avais une autre passion que celle de la liberté de l'Italie.

Vanina ne revenait pas de la surprise que lui causait le changement de Missirilli. Sans être sensiblement maigri, il avait l'air d'avoir trente ans.

Vanina attribua ce changement aux mauvais traitements qu'il avait soufferts en prison, elle fondit en larmes.

— Ah, lui dit-elle, les geôliers avaient tant promis qu'ils te traiteraient avec bonté.

Le fait est qu'à l'approche de la mort, tous les principes religieux qui pouvaient s'accorder avec la passion pour la liberté de l'Italie avaient reparu dans le cœur du jeune carbonaro. Peu à peu Vanina s'aperçut que le changement étonnant qu'elle remarquait chez son amant était tout moral, et nullement l'effet de mauvais traitements physiques. Sa douleur, qu'elle croyait au comble, en fut encore augmentée.

Missirilli se taisait ; Vanina semblait sur le point d'être étouffée par les sanglots. Il ajouta d'un air un peu ému lui-même :

— Si j'aimais quelque chose sur la terre, ce serait vous, Vanina ; mais grâce à Dieu, je n'ai plus qu'un seul but dans ma vie : je mourrai en prison, ou en cherchant à donner la liberté à l'Italie.

Il y eut encore un silence ; évidemment Vanina ne pouvait parler : elle l'essayait en vain. Missirilli ajouta :

— Le devoir est cruel, mon amie ; mais s'il n'y avait pas un peu de peine à l'accomplir, où serait l'héroïsme ? Donnez-moi votre parole que vous ne chercherez plus à me voir.

Autant que sa chaîne assez serrée le lui permettait, il fit un petit mouvement du poignet, et tendit les doigts à Vanina.

— Si vous permettez un conseil à un homme qui vous fut cher, mariez-vous sagement à l'homme de mérite que votre père vous destine. Ne lui faites aucune confidence fâcheuse ; mais, d'un autre côté, ne cherchez jamais à me revoir ; soyons désormais étrangers l'un à l'autre. Vous avez avancé une somme considérable pour le service de la patrie ; si jamais elle est délivrée de ses tyrans, cette somme vous sera fidèlement payée en biens nationaux.

Vanina était atterrée. En lui parlant, l'œil de Pietro n'avait brillé qu'au moment où il avait nommé la patrie.

Enfin l'orgueil vint au secours de la jeune princesse ; elle s'était munie de diamants et de petites limes. Sans répondre à Missirilli, elle les lui offrit.

— J'accepte par devoir, lui dit-il, car je dois chercher à m'échapper ; mais je ne vous verrai jamais, je le jure en présence de vos nouveaux bienfaits. Adieu, Vanina ; promettez-moi de ne jamais m'écrire, de ne jamais chercher à me voir ; laissez-moi tout à la patrie, je suis mort pour vous : adieu.

— Non, reprit Vanina furieuse, je veux que tu saches ce que j'ai fait guidée par l'amour que j'avais pour toi.

Alors elle lui raconta toutes les démarches depuis le moment où Missirilli avait quitté le château de San Nicolô, pour aller se rendre au légat.

Quand ce récit fut terminé :

— Tout cela n'est rien, dit Vanina : j'ai fait plus, par amour pour toi.

Alors elle lui dit sa trahison.

— Ah ! monstre, s'écria Pietro furieux, en se jetant sur elle, et il cherchait à l'assommer avec ses chaînes.

Il y serait parvenu sans le geôlier qui accourut aux premiers cris. Il saisit Missirilli.

— Tiens, monstre, je ne veux rien te devoir, dit Missirilli à Vanina, en lui jetant, autant que ses chaînes le lui permettaient, les limes et les diamants, et il s'éloigna rapidement.

Vanina resta anéantie. Elle revint à Rome ; et le journal annonce qu'elle vient d'épouser le prince don Livio Savelli.